SHAN
KE

山客

时代出版传媒股份有限公司
安徽文艺出版社

图书在版编目（CIP）数据

山客 / 李红林著. -- 合肥：安徽文艺出版社，2024.12. -- ISBN 978-7-5396-8155-9

Ⅰ.I227

中国国家版本馆CIP数据核字第20249TV623号

出 版 人：姚 巍
责任编辑：卢嘉洋　　　　　　　　装帧设计：张诚鑫

出版发行：安徽文艺出版社　　www.awpub.com
地　　址：合肥市翡翠路1118号　邮政编码：230071
营 销 部：(0551)63533889
印　　制：合肥创新印务有限公司　(0551)64456946

开本：880×1230　1/32　印张：7.5　字数：194千字
版次：2024年12月第1版
印次：2024年12月第1次印刷
定价：60.00元

（如发现印装质量问题，影响阅读，请与出版社联系调换）

版权所有，侵权必究

目录

序言 001

第一辑 叠秋

叠秋 003
往事已久远 004
年轻的时候 005
山里的雪 006
乡村的夜晚 007
帕福斯的月光 008
人在冬天 009
飞行的弧线 010
桂香 011
说过往 012
渴望 013
别压抑了 014
她的漂亮 015
浪漫 016
爱与希望 017

心境 018

红蜻蜓 019

饮酒的刺猬 020

元夕 021

思夏 022

故乡的茶 023

秋阳一束 024

宽容 025

猜测 026

直立着的影子 027

站到后面去 028

比 029

如果可以 030

爱在叠放 031

孤独歌唱 032

因为有你 033

二月 034

走路 035

当你走过 036

我们的生命 037

映山红 038

把影子镶嵌在山上 039

临江仙·醉春景 040

孤独 041

支起眺望 042

宽容 043

第二辑 致青春

致青春 047

莫能回眸 048

墨与你 049

茧 050

七夕·一方遇见 051

走成一幅画 052

燕子 053

风轻轻来过 054

故乡的河 055

花影 056

希冀 057

前世今朝 058

红月亮 059

打开 060

海棠依旧 061

荒诞的奇迹 062

光怪陆离 063

开花的土地 064

粗碗 065

确认过的眼神 066

看湖还是湖 067

孤寂的夜是最美的清晨 068

梦汇成了海 069

杜鹃·画 070

靠近你　071

听·水　072

飞舞　073

升起微笑　074

破土动工　075

代替　076

热泪盈眶　077

清明　078

悬挂春天　079

忘却　080

展望　081

信念　082

奔向远方　083

波涛汹涌　084

打理自己　085

种花　086

樵夫　087

镜子·火焰　088

第三辑　槐花香

槐花香　091

鸟·鱼　092

观察黎明　093

怕错过　094

下一个　095

字 096

读书 097

别有洞天 098

小巷 099

黯然神伤 100

弄丢的小风车 101

相遇 102

太阳的忧伤 103

红装 104

风和叶子 105

晶莹洁白 106

风花雪月 107

举案齐眉 108

墨香浸染 109

光 110

献给春天 111

牵起黎明 112

怕雷声 113

自由的风 114

宽容 115

你 116

晨钟 117

照顾 118

小葡萄 119

点与线 120

芒种 121

蔷薇　122

融化　123

凝字为书　124

躲雨　125

乱了阵脚　126

糖果　127

白昼的景　128

狂风骤雨　129

落　130

不一样　131

字条　132

雪人　133

纸飞机　134

一饮而尽　135

镜子　136

灯盏　137

等待　138

遥远的距离　139

铺满阳光　140

怕　141

花影　142

温暖　143

我还在想　144

黑夜·花朵　145

唯一　146

农家　147

无题　148

墙　149

落英缤纷　150

水软山温　151

延长　152

哗然　153

一切刚刚好　154

你的眼睛　155

第四辑　恋春

恋春　159

匆忙　160

错过　161

美　162

无题　163

走·散　164

邮差　165

日子　166

模样　167

踉跄中回眸　168

山　169

红豆初开　170

平静的陆地　171

出嫁　172

等待　173

蔷薇盛开 174

窗 175

小太阳 176

浪漫的珍贵 177

跳跃的精灵 178

转动的风 179

贪玩的孩子 180

乱动的夹子 181

第五辑　蓝色的雨

蓝色的雨 185

命运 186

誓言 187

小蜻蜓 188

转 189

趋向故乡 190

璀璨的烟火 191

花丛·星星 192

小石匠 193

我爱秋天 194

归去 195

小风筝 196

听来的地图 197

画圈圈 198

山楂林 199

轻盈　200

遇见晴朗　201

等　202

跌落的鱼　203

挂在心上　204

下雪　205

沸腾如火　206

倔强　207

自己的风景　208

咳嗽　209

今天的雪　210

焕然　211

诚恳　212

封锁　213

口哨　214

错别字　215

感恩　216

冷翡翠　217

雪山　218

不知在哪个方向盛开　219

沉睡的蝴蝶　220

太阳准时　221

大雪　222

太阳花　223

小露珠　224

山客 225

序言

一个生活在大别山深处的孩子,在他的眼中"溪流""山川""篱笆"仿佛有生命的魂灵。在他生活的轨迹里,"看飞鸟""捉溪虾""睡草地",把"明亮的萤火"带回夜色弥漫的蚊帐中便是童年的趣事。诗歌里更多充盈一些童年的纯真和浓厚的乡村气息。小时,对乡土文学的痴迷热爱,给他最初的关于诗歌的想象和朴素的文学滋养。

小时候,虽然物质匮乏,但是快乐总是如影相随。大山深处简朴的生活,但日子并不简陋,对于孩子来说每天都新鲜有趣。青山绿水的自然风光和淳朴的山民给大山的孩子坚韧与执着。回首过往,总想用一些文字来记录,表达属于自己那份对美与善的理解,传递一份温暖,点燃一份热情。

想通过一卷纸书,忘怀人间尘嚣。

一首《山客》,这样写:"是山客,偷了胭脂,此生只为你红。""山客",怒放的杜鹃,执着、热烈,一如我们对于真、对于善、对于美的孜孜以求,把这份果敢留给火热的生活,全心全意地把爱毫无保留地奉献人间。

我们怒放的生命,要以怎样的方式出圈。小诗也作了些哲学的思考,如《红蜻蜓》"别去责怪风,我们等的终究是蜻蜓翅膀里的红""为了猜测,我搬进神秘的丛林,听得风鸣,却不闻猎人的一阵枪声"创新与探索何惧困难与危险?"做水,把船撑起;做鸟,为树着色;或者做一枚叛逆的鱼,跳上沙子,等待黎明",生命的终极意义与价值,靠的是一份豁达的坚守。"一个人面向太阳,太阳总面向你","如果有一丛火焰,照亮一间屋子,就没有人相信,窗子的外面还有冬天"。是不是给我们一些温暖的感动?

"诗言志,一言以蔽之,思无邪。""无邪"就是用滚烫的文字给生活增添一抹亮色,不仅给年幼而是给青春一次冲动的冥想。"青春以歌,踏歌而行",我想,可以通过这些闪烁的文字,给平静的生活增添璀璨,让爱与奋斗成为航行的桨声,奔向诗与远方。

李红林
2024 年 9 月 10 日

第一辑 叠秋

叠秋

九月的寒秋
少陵野老吞生哭
丢下落木萧萧下
的惆怅
以致把漂江而下的帆
叠成枯叶
拼了命地挽救璀璨

秋心两瓣
一瓣藏在
通红的叶脉
一瓣扎在
挺立的岩石的
胸怀

往事已久远

往事已久远
索性
我就站成一棵树
呼吸着
残余的浪漫

回忆过去的日子
初春听雨
夏日观荷
秋风里捡落叶

有草地当地毯
有云当诵经
浓密的森林
矗立着我们瞻仰的图腾

有山泉为酒
有针做钓钩
太阳从远处落下
星光从身边升起
往事已久远
索性我就站成一棵树
让秋日暖阳在全身蔓延

年轻的时候

年轻的时候
总喜欢把梦幻
拿出来翻晒
年轻的时候
总喜欢举一扇门
顶住酷暑
挡住严寒

年轻的时候
总喜欢仗剑走天涯
从此忘却了
过眼云烟的浮华
年轻的时候
总能心怀远方
一任理想的琼浆
催开满树繁花

年轻的时候
总喜欢仰望星空
带着天马行空的想象
却让一弯清瘦的月
跌落在水上

山里的雪

土地睡熟了
麦子生长着
农人把锄头
藏在屋舍里

鸟儿吓破了胆
把影子投在雪地上
猎人扛着枪
镶嵌在雪山上

河流成了哑巴
紫竹垂下了她
挺拔的身体

乡村的夜晚

月光抽打着河流
河流闪动着她的眼睛

那个白天在河里摸鱼的人
已进入梦乡
忘记了掸落在沙里的鱼鳞
夏日的乡村揣着一把小提琴
弹着风与沙鸣的声音
河流忘情地奔跑着
在追逐一群萤火虫
星星跳进河里
与河流一起奔跑

田野里
南瓜开花的声音
玉米生长的声音
烫熟整个季节
阿爸锄地的锄头遗忘在水沟旁
此刻正饮着清泉

帕福斯的月光

把手臂举起
亲爱的女神维纳斯
请举起饱满的种子
一直到冠冕
请耕耘,别忘了播下希望

让阳光也来
让不幸的鸟儿也来
我们共同搭建谷仓
盛满稻谷　盈满酒杯
要是快到黑夜
请燃起渔火,让月光也来
别让星星闭上眼睛
别让蛐蛐太寂寞

煮好酒吧
亲爱的女王
举起手中温暖的力量
举起酒杯里
微醉的
帕福斯的月光

人在冬天

雪地上的一只鸟影
便让隆冬从深秋的薄雾中
款款而至

雪花坠地
一种谷物丰收的金色之光
被过往的风吹成洁白之躯

鸟儿把羽毛
野兽将斑纹
也涂成白雪的颜色
万籁俱寂
空旷的大地和铅色的天空
用纯净的语言交谈

飞行的弧线

一想到春天
即将来临
我便欣喜地
向绘满花边的信封
装满
燕子
飞行的弧线

桂香

今夜
我问秋风
桂花树下
谁的衣袖
沾满这么多
小纽扣
秋风说
吴刚打翻了
昨夜的酒

说过往

恋旧,说过往
一种习惯
打开酒坛
开启醇香

恋旧,写过往
写诗
读一行,走一阵
走一阵,读一行
回首泪如泉涌

恋旧,读旧历
山一程,水一程
摆老物件
数家珍
等太阳

渴望

风划指
雨划指
人生渴望诗
来一次重逢
期待一种真挚
铺好石
渴望
秀丽的文字

水朦胧
月朦胧
渴望鹰击长空
晚霞红
梅映雪
鹤栖松
渴望自由绿春风

别压抑了

别压抑了
试着和自己的影子说说话
他最懂你了
要不也不会跟着你

别压抑了
试着和叶子说说话
它最能听懂你的言语
哗啦啦　哗啦啦

别压抑了
试着和笔尖说说话
将美丽的诗行
轻轻擦拭

别压抑了
走一走雪地
踏一踏雪花
……

她的漂亮

如果感到悲伤
不妨抬头看看月亮
虽有时躲在厢房
更多时把
人间的夜晚
精心照亮
所以,我们
奔走着
说着她的漂亮

浪漫

一个浪
扑打过来
影子变矮
等浪花漫过脚踝
我们忘记
沙滩上的鞋

爱与希望

愿爱与希望
都藏在
明亮的风景里
在花海中躺下
亦或抱来一只风筝
在七彩的光
的簇拥下
说着情话

心境

心如止水般
清澈
人生何处不是乐
宠辱不惊
伴你走过的是
行到水穷处

云卷云舒
花满蹊
温润平和
心境顿开
柳暗花明
做一个躬身的
林叟
与碧水涟漪
谈笑无期

红蜻蜓

别去责怪风
我们等的终究是
蜻蜓翅膀里的红

饮酒的刺猬

饮酒的刺猬
呼唤玫瑰
把鲜红的果珍
掺进酒杯

元夕

元夕无月雾蒙蒙
凭栏倚望忧满衷
春风何来涤愁意
期与君来月满弓

思夏

夏日长
夏日长
绿树浓荫
夏虫低唱
泉水叮咚响

夏日长
夏日长
荷叶圆圆
溪水甜甜
透明的沙
透明的虾

夏日长
夏日长
宅院长长
摆张竹床
满院星光

故乡的茶

喜欢黑夜
寂静安宁
涤去喧嚣
喜欢黑夜
凝视窗外
感受
夜色苍茫

喜欢灯光下
读书
莞尔与墨香
前行

喜欢沏茶
任袅袅茗香
游走方寸间
便可以
做自己的君王

秋阳一束

秋阳一束
炽烈地举着
绚烂地开着
高过头颅高过耳目
掠夺好锦擒来云霓
揉一把相思
抹一阵疼痛
却也潇洒

也罢　也罢
给尘封的心放假
管他生世繁华
给醇美的酒酵藏
管他春秋冬夏

秋阳一束
拼了命地
穿了玻璃地
碎了身体地
裂了嘴地
忍着疼痛地
绽放光华

宽容

有浮动的云给广袤的苍穹写诗
有温顺的溪流给岩石弹奏歌曲
一切甜蜜、温情与静谧

风起云涌　　奔腾不息
天空的城扔下一只只马蹄
蹄印青青
它却如此深沉　不语不言
任风　任云　金戈铁马
溅起一幅壮丽的画
溢出一曲大美之歌

湍急的溪流冲撞起来
自由奔放
带着长长的摆动着的尾翼
拍打着岩石　撞击着皲裂的身体
这些尊贵的灵魂　悄无声息
一排排　一颗颗　一簇簇
金鱼一般美丽的身体
成为溪流的眼睛

猜测

为了猜测
我搬进
神秘的丛林
听得风鸣
却不闻
猎人的
一阵枪声

直立着的影子

这样——
恍惚觉得
天和地属于一个人
一个囚徒的四壁
一个可以拴着走的缰绳
一个拔起头发
摔在地上的裂痕
错落地站在一起
谈判着骄傲的黎明

深埋着的身体
压弯慵懒的眉梢
一星半点的灯光
咬痛失眠的眼睛
斜倚落字的残笔
摩擦着孤立着的灵魂
撑起——
直立着的影子

站到后面去

站到后面去
站在暗处长满青苔的石板上去
站到后面去
站到长满蔷薇花的垣根处去
站到后面去
站到火红木棉叶的叶脉里去

站到后面去
站到日光暴晒的岩缝里去
站到后面去
站到日影布石的幽谷深处
顾影自怜
骄傲地对着天
席着地

比

你们靠得近
湖水与鱼的温情
投石与涟漪
亲密的赞许
一只鸟的羽翼
写着另一只鸟的
表情
一根锄头的骨头
依偎着另一个农夫的
期许

它是温暖的靠近
它是同行的倩影
不是伸长着的脚印
和骄傲着的眼睛

如果可以

如果可以
做坚硬的雪花
悠扬地在半空中飘洒
哪怕风雨
哪怕日光
却念生如夏花

如果可以
不做睡着的月牙
怕见到被叫醒的样子
还是畏惧黎明的出发

如果可以
就立在船头的甲板
没有海风
帆船永远停留在港湾
太阳
也曾在海平面下迷茫
当它跳出来
就是站立的画卷

爱在叠放

你的脸
给了月光倾斜的地方
要不为什么如此明亮?
星星寂寞

你的眼睛
给了湖水的思念
要不为什么如此澄静?
风在耳语

你的指尖
给了山茶的想象
要不为什么如此芬芳?
爱在叠放

孤独歌唱

我走路
喜欢在野生植物的簇拥中前行
掌心托起行走的路
河流,在周围幸福地发亮

我挥霍过的
世界,轻盈、甜蜜
带着触摸大地的想象
美的果核环绕在身边
他们在自己的跳跃中歌唱

第一次,把自己向上举
在那样的光芒中不用言语
和麦子一起露出锋芒
又第一次把朴素的泥土
送进草木裹挟的香囊

诗歌,排成圆形
它朴素,深情,浪漫
却在另一个角落孤独歌唱

因为有你

日子从指间滑落
轻轻地　轻轻地
石榴花似的阳光
给你穿上美丽的衣裳
我亲爱的孩子们

像蜻蜓飞翔的羽翼
像欢动的眸子
期待一只鸟的表情
太阳的脚来不及
追赶　你的腿
把影子贴在水面上
多么可爱的精灵

像夏日里清脆的蝉鸣
惊醒一个早晨
像透明的小水珠
偷走一个黎明
小溪里　池塘边
欢呼的水花惊喜地跳着
庆祝孩子竹篓里的
透明的鱼虾
多么可爱的精灵

二月

二月,想与春风说说话
无奈,春风成了犁耙
她呀,让土地说了
大地长出了诗和远方

二月,想与河流说说话
无奈,河流成了哑巴
她呀,让白沙说了
虾与蛙忘记了回家

二月,想与大山说说话
无奈,大山成了画家
她呀,让鸟儿说了
叫醒了梦里的娃

走路

一个脚步追赶一个影子
一个影子像极了囚徒
想裹着石头与沙子
却也爱莫能助

一只鞋子想着一幅花草图
走着画卷与诗书
一只鞋子落在寂寞的湖
一阵风吹动一串露珠
一场雨洗过一棵树
却念高山　却也征途
白云红日与谁书

当你走过

当你走过
黑夜不怕孤独
因为灯还亮着她的眼睛
像一点漂流的记忆
我美丽的屋子和鲜亮的草叶
成为最亮的光彩
灯亮着她的影子
照着温暖的手势
听取四面八方的问候

当你走过
在雨后的赤橙里
发挥想象
倒影清清,夜色的泪眼
烟雨朦胧,淋湿了月光
杏花春雨也有鲜明的性格
把这一湖碧水
点缀得五光十色

我们的生命

我们的生命
跳着最美丽的舞蹈
在鲜花和掌声的簇拥中
光彩夺目

我们的生命
开着最娇艳的花朵
在鲜艳夺目的石榴花瓣中
默默倾诉

我们的生命
都经历着每一次脉动的成熟
漏断的过往
都是生命手指上的漂亮的饰物
耀眼而又自有定数

如果期许
就停下脚步
向着宁静与寂寞的去处
向着太阳与梦想的征途
向着温暖筑起的幸福

映山红

山色空蒙
那一抹嫣红
是梦里的重逢
一句春天的赞美
千百次的回眸　匆匆
在谷雨时节的春风中
一阵阵相思吹来粉与红

握一把旖旎春光
仔细端详　满眼都是
一朵朵的红
恍惚已消融

把影子镶嵌在山上

总是喜欢这样的季节
没事就和春风聊聊天
她好像能听懂你的心事
总是喜欢这样的季节
太阳总爱牵着你的手
把温暖和希望递在掌心

总是喜欢这样的季节
和花草一起拥抱生机盎然的春天
等待一场蒙蒙烟雨
总是喜欢这样的季节
走着百转千回的路
和星星一起漫步
把影子镶嵌在山上

临江仙·醉春景

夜饮清酒满一杯,抬头瞭望星辰。风吹竹动闻雷鸣。落红雨纷纷,临窗醉春景。

长恨此声人寂寥,奈何流水不相争?绿窗夜阑茗叶清。小时从此逝,谁来吹酒醒?

孤独

闭上眼睛想太阳的模样
光亮穿透心房
怀想大地的影院
放一场无声的影片
主角是斑驳的光点

闭上眼睛想旅行的背囊
脸上长着月光的倔强
期待脚下星光
丛林中的虫唱

闭上眼睛想念自己的影子
就像花草想念阳光
喜欢幽暗的角落
小心翼翼地把叶子叠放在叶脉里
数着精致的流浪

所有的故事在掌心中疯长
一个人跌落在水上

支起眺望

我不曾去想寂寥的午夜
在蓝色的帐篷里听春花
开放的声音　热烈奔腾
我不曾去想温暖的午后
在斑驳的巢里吮吸
一只鸟漂亮的羽毛
我不曾去想清亮的晨曦
是谁饱饮草叶上的清露
把胭脂沾在翠绿的芽

我不曾去想渔舟唱晚
那美丽的一星半点
只在乎挺直的腰板
在船板上支起眺望

宽容

一角的冬梅
宽容了雪　成就了
诗情画意
一片飞舞的叶子
宽容了风　才有
落英缤纷

一条清澈的溪流
宽容了一场大雨
不见干涸
一粒小小桂花
宽容了一缕秋霜
十里飘香

第二辑 致青春

致青春

当诗人写下青春的灿烂
惊叹地发现种子萌动,欣欣向荣

然而,我们两个脚印向前,哪忍挥霍?
坚毅的样子是一张素面朝天的脸
迎着朝阳,把手伸向远方
一双铿锵有力的手,从迷茫中捧着希望
执意拼搏的我们,并行放声歌唱
青涩时,是一场风花雪月的电影
伤感时,落纸的生如夏花弹动心灵
流逝太快,掩面叹息一闪而过的流星

握在笔尖青涩流年书写一页一页的璀璨
有时凝聚着青春的痴狂,一同融进血液
一点点,一滴滴,裂变
一秒秒,一寸寸,丰腴
即便一个转身也让人送出掌声
花开在每一个枝叶间　细小的花瓣蔓延

在暂且可以思考的细胞上,雕刻春天
印上最美的花纹或是大地太阳的吻
让时间在齿轮间一点点贮存　株株挺立
让青春驰骋在奋发的船楫　向着温暖
向着灿烂

莫能回眸

如果可以
这样行走
不怕风雨　不惧忧愁
如果可以
这样行走
不恋过往　不曾停留
如果可以
这样行走
迎着烛光　品尝你的美酒
如果可以
这样行走
不曾回首　牵动你的衣袖

如果可以
这样行走
春风十里　捎去温柔
不让深情覆水难收
如果可以
这样行走
蛾眉青瘦　斜阳依旧
只为你转身莫能回眸

墨与你

荷叶边　雨点前
绿萍牵涟漪
微红起　落蜻蜓
檐下透窗棂
荷叶举　夕斜映
枝丫与影醉

悄悄落　提笔墨与你
只为晚霞写天际
折此时　相思插翠绿
恰如对坐分茶饮
与你写满山水意

茧

九月的傍晚
树叶跌落得缓慢
若要贴进地面
风一转身
让树织成牵绊
像蝴蝶一般
色彩斑斓
蝴蝶最爱
做裁判
原来它曾经
是时间结出的茧

七夕·一方遇见

七夕，瞥见一方遇见
晚风惊艳揉碎的执念
只愿遇见最美的豆蔻
和未来一起穿行相伴
对镜恍惚一如你初妆

七夕，换一种方式想念
天长地久仿佛追溯
青砖黛瓦牵起的雨线
愿一夕百年，风吹落星
湿了深深浅浅的印记

七夕，用虔诚的方式祈祷
掬一捧月光，数着阴晴圆缺的过往
想着神话里的故事
幻化成梦里依稀的景
所有眷恋都会被记起
一切真情都不会被遗忘
美丽的花朵开遍世界的尽头
永不凋零

走成一幅画

雪下得紧
完成了脚印的填空题
三言两语的情话
真真假假
落在树的枝丫

月光竞走
牵引一星半点的光
嘎吱嘎吱地响
瘦削的影子
镶嵌在雪地上
写着缄默的童话

走走停停
停停走走
我走着你的背影
你走着我的回音
走着走着
走成一幅画

燕子

喜欢你初来时的样子
把日子描摹得五彩缤纷
喜欢你轻盈地走过雨巷
把自己绘成一幅画
喜欢屋檐下的雨线
偶尔和橙黄擦出
一片惊艳的亮白

喜欢窗含娉婷的初妆
把十里晴空
装扮得翠绿鹅黄
喜欢你静谧地亲近大地
用湿润的春泥
温好下一半诗句

风轻轻来过

风轻轻来过
总是那么认真又执着
过去与将来
同一地平线闪烁
突然想起世事难料
何不做一片叶子逍遥
不去用眼睛寻找

风轻轻来过
总是那么虔诚又骄傲
白昼与黑夜
同一间屋子做主角
突然想起把太阳忘掉
何不用手指画地为牢
不去心血来潮

故乡的河

总是在不经意间想起
那个深秋的午后
暖阳射进车窗的
透明玻璃

总是在不经意间想起
那个黎明走失的记忆
依稀的几步
又折回　　三五成群
乱了方寸
于是在湛蓝的天空中寻找
一只鱼的影子
在每个下雨的日子
期待惊艳的开场
直到走近故乡的河

花影

天空下
草木呼吸的声音
一阵一阵
石破天惊
你忽然醒来
像一朵花
变红
叶子睡去
闭着它的眼睛
或在倾听

你将脸洗净
眼神贴近黎明
神采奕奕
像极了水晶
水波、诗句、瓷碗
或是酒瓶子
统统让路
让你鹤立鸡群
有时花影缤纷
黯去了光彩夺目的云

希冀

我离你很远
仿佛又离你很近
仿佛一寸光阴
就是一生的距离
我离你很远
却又彼此相依
就像云朵与水面的影
月亮与院子里的景

我离你很远
星星一样遥不可及
仿佛又离你很近
近得像叶片
与叶片间的缝隙
风来就是
亲密的耳语
雪来就
冻结在一起
我离你很远
仿佛又与你很近
努力地靠近
就有希冀

前世今朝

想起晚风
吹动衣角
把一阵喧嚣
抖落成
一地鸡毛
想起晚风
树叶上跑
把一树苦恼
吹得
七零八落

想起晚风
一阵胡闹
把路灯和
它的影子
恍惚成
前世今朝

红月亮

你可曾想起遥远的他乡
那个高粱成熟的地方
种子和酒一起喝醉
把剩余的几滴洒向天空
月亮畅饮一番
她的脸下意识地贴近
水面，和水的波纹相依
这里最美的是红月亮
像从水花中溅出的
美丽的梦想

你可曾去过我走过的地方
农夫的脊背偎依着山川
把锄头藏在小溪里
和溪流一起唱歌
寂寥的夜晚
这样美的月亮
从泥土的皮肤中穿行成翅膀
从一棵树皱纹里信马由缰
默默守望的红月亮
激动着一个心的荡漾

打开

案桌上的茗香
和着墨的芬芳
把你的名字一同
写进诗行
山如眉黛
翠绿鹅黄
墨影行走处
叠出千花万柳
的想象

你是温暖　是亮　是光
是大地抖落一身
的惆怅
你是明媚　是矫健　是希望
是苍穹洒落人间
的明朗

我握紧温暖的笔杆
把热切的渴望
写在洁白漂亮的羽毛上
把坚定的信念
写在延伸的手掌上

海棠依旧

那个黄昏下雨的时候
冷风吹着打湿的衣袖
迎着雨丝伫立
在苍茫之中
为着那份执着
停留很久

那个黄昏下雨的时候
冷风吹着冻僵了的手
迎着灯光行走
在恍惚之中
为着那份渴求
覆水难收

那个黄昏下雨的时候
冷风吹着过往的车流
迎着树影停留
在孤寂之中
为着那份执拗
海棠依旧

荒诞的奇迹

纸面波涛汹涌
跳动的方块字
是舞动的
水面的风
世界寂静得
像此刻挨在一起的手指

如此便好
这一方天地
可东西游闯可信马由缰
可做自己的君王
和夜晚做最亲密的伴侣
和人们
几乎笑出声的诗句
交谈一些
不太能听懂的言语
忘记白昼的我们
忘却
遗漏的自己
连太阳也不敢相信
这荒诞的奇迹

光怪陆离

喜欢站在湖中央
观赏湖水
心血来潮的时候
脚和手掌同时着地
触摸洁净的灵魂
仿佛感受婴儿
柔软的肌肤
喜欢把自己的影子
贴近湖水
原来钟爱这份澄澈
与透明

这大地的眼睛
天空一般深邃
究竟在哪儿寻觅
鱼的眼球里有
叶的血脉里有
曾不止一次地
去寻找它们的踪迹
无奈
这镜子里的一方天地
被折射得
光怪陆离

开花的土地

二月间的土地
小雨过后
柔软得像燕子翅膀下的绒毛
初春的黎明
小花骨朵儿
在绿的影子里
撑开娇羞的表情
像是未醒的酒杯
呼吸着萌动的安宁

二月间的土地
春风抚触
柔软得像新生儿的皮肤
初春的黎明
柳枝鼓劲
用尽浑身的力气
兑现诺言
它要用摆动的枝叶
把这湖染绿
把孩子的口哨染绿
向着开花的土地

粗碗

睡梦中
一个步履蹒跚的老者
告诉我
日子就像粗瓷的碗
在每一次与筷子的
相互碰擦中
诉说日常

午后的时光
透过瓦房的一块
透明的天窗
折射出陶瓷碗
最朴素的光亮
小时候碗里的红薯
偶尔父亲从河里
觅得鱼和虾
或是门前泥塘里
新鲜的藕
碗里总有
食物的味道
和骄傲的荣光

确认过的眼神

靠近你
哪怕
一点点的距离
就是默默
坐在一起
也呼吸着
你的气息
靠近你
就像一片叶子
和另一片叶子
在交换言语
有时在风中徘徊
有时在雨中相遇

靠近你
把声音沉入水底
哪怕日光
甚至风雨
靠近你
一路走来的风景
和那确认过的眼神

看湖还是湖

我在那椅子上
一面看湖
一面思考
晚风吹动草叶
湖面皱起波纹
和我一同
把思绪打开

她又如一支画笔
勾勒日常
让失忆的涟漪
跃然水上
也许是流浪的灵魂
得一处僻静
黄昏开始激动
让一束光
打破宁静
看湖
还是湖

孤寂的夜是最美的清晨

在这白白的光景里
旭日东升
以最温馨的话语
给予蔷薇
给予晶莹的露珠和碧绿的草叶
有如你的挚诚
将灵魂融化成这春天的雨滴
四周璀璨的光箭
穿过湖面透明澄澈的波心
如此清瘦的脸
散发迷人的光泽

每一颗露珠
是碧透的眼眸
是大海,是最漂亮的船只
载着像鲜花一样的幸福驱驰
那洋溢在我睫下的朵朵水花
肆意映现最美的容姿
当身边涌现奔腾的力量
孤寂的黑夜是最美的清晨

梦汇成了海

我不去想
春天的花朵
开遍每一根枝丫
我不去想
朦胧的月光
染透每一滴湖水
我不去想
轻柔的风
吹绿每一片原野
我不去想
三月的雨
滋润每一寸土地

当面对一切
你迫不及待的时候
星辰总会遥远
当面对一切
你从容笃定的时候
梦汇成了海

杜鹃·画

群山环抱
溪流发源的
山谷之中
岩石铿锵的河床上
热烈得像火把
照亮心房

泉水叮咚
悄悄开启
珍藏的情书
跳出满纸的
姹紫嫣红
大地激动得
欢呼鼓掌

高高行走的云
把她的翅膀
蘸满绯红
跃过青山碧岭
抖落一幅
绚丽的画

靠近你

每天都想这样靠近你
像白帆靠近大海似的
聆听你的声响
近距离地感受
你的波涛汹涌
每天都想这样靠近你
像置身于姹紫嫣红的花海
嗅出这春天里的芬芳
每天都想这样靠近你
像极了狭窄的角落里
挤进的万丈光芒

每天都想这样靠近你
当我数着壁上报时的鸣钟时
明媚的白昼款款而来
展示她的色彩斑斓
当我凝望着紫罗兰的春容时
碧绿的枝叶
烘托她的高贵
讲述她的满目青翠

听·水

有时
会顺着风的方向
去找寻你
有时
会沿着雨的声音
去倾听你
有时
抬头看云
俯首听命
于水
悟得
山如何空蒙
月如何老去

飞舞

每天都在记忆里
循环播放
大森林覆盖的
乐音
每天都在水光潋滟的
湖水中觅得
你清秀的脸庞
每天都在晨曦的
微光中变幻着
你的影

或是在春天的蔷薇花瓣上
一簇一簇地开放
或是在夏日的葡萄架上
一点一点地成熟
或是在秋天的落叶中
书写一页一页的情话
或是在冬日的雪花中
飞舞漂亮与圣洁

升起微笑

我必须重新排列组合
把光景打开
做水,帮船撑起
做鸟,为树着色
或者做一条叛逆的鱼
跳上沙子
等待黎明

或者打开门
做迎接太阳的人
或挑选闪亮的日子
一个个排在手心
和这春天一起
盛开万紫千红
和太阳一起
升起微笑

破土动工

这些日子
春天打捞许多诗句
打动人心

白的如梨花
红的似朝霞
蓝也像模像样

暖　吹开心河
打破坚冰
如笑声中的
一枝梅

年年催开的花蕾
总在三月发出信息

她们说着说着
说出了秘密
春风雨露
破土动工
挖掘
坚定

代替

当你无助时
轻轻打开窗户
让清新的空气
飘过幸福

当你悲伤时
请你悄悄地
念一念
最熟悉的名字
和最温暖的祝福
时间让我们
习惯各种事物
让它们代替孤独

热泪盈眶

我要像
一片叶子
透过窗
面对太阳

想一想
去年冬天
在树的灰色皮肤里的故事
和一些迫不及待的张望

不由自主透过雨
咀嚼甘甜
忘记雪花飘落的日子
因为捧出
坚韧的果核
和漂亮的火把

期望是你
希望是我
许诺照进光
让你和我
热泪盈眶

清明

春日未老
风细柳斜斜
东坡 《望江南》
让一池春水
醉了一城花
红花绿柳
烟雨行走
渲染水墨
之城

寒食酒醒
思乡
且将
新火试新茶
晴窗
茗香
即清明

悬挂春天

我不知道时光
如此吝啬
当抬头仰望春光
春光就丢弃在
缤纷的花丛中

即便是清晨
鸟鸣声声
它们用独有的方式
演奏　卖力歌唱
忽然来了暴风骤雨

用一种情绪生活
生活就少一份光泽
不妨找一片葱绿
覆盖焦灼的眼神
用手势比画鸟鸣
让生命的枝头
悬挂春天

忘却

穿行花丛
人们只在乎
花朵的
芬芳明艳
忘却了
园丁的
早出晚归

展望

太阳还是
过去的太阳
月亮还是
过去的月亮
日子
却是崭新的
可以回眸
更多要展望

信念

一个人
面向太阳
太阳
总面向你
春天
来的时候
你拥抱
春天
春天
就给你
信念

奔向远方

有时
我们只是
一朵云
风让我们
看大海
有时
我们只是
一束花
种子让我们
奔向远方

波涛汹涌

一切似乎明白
一切又坠入云雾
有时一阵风
有时一场梦

一切似乎没有
一切又写满天空
有时刹那消融
有时波涛汹涌

打理自己

习惯追赶大海
一睹日月星辰
习惯擎起望远镜
聚焦模糊的幻影
却没停下脚步
打理下自己
看看路上的
风景

种花

当种子
依偎泥土时
漂动的潮
渐渐退去
生命耸起
漂亮的岛屿
当种子
选择遇见时
有风有雨的
日子
也要练习
长大
练习
开花

樵夫

我想做一个
任性的樵夫
每天背着夕阳
下山
看着飞鸟
把影子镶在
山上
我想擦去
早来的星星
在大地上画满
斑驳的影
习惯
让它
靠近自己

镜子·火焰

如果可以有
一面镜子
可以出入
镜子里
一定装满
神奇的世界

如果可以有
一丛火焰
照亮一间屋子
就没有一个人
会相信
窗子的外面
有冬天

第三辑　槐花香

槐花香

山路
伸向远方
像粗糙的手掌
让一串槐花
成为最漂亮的手环
黑夜
下起"雪"
晶亮洁白
失忆的孩子只凭
一阵香
旧事重提

鸟·鱼

鱼在水里
看不清鸟的痕迹
鸟在空中
看不到鱼的眼睛
却因一池清水
让鸟和鱼
彼此相依

观察黎明

我希望
这个夜晚
春风扑进花丛
织它的锦
虫子爬上树枝
唱它的歌
黑夜给大地
画上了眼睛
让它观察黎明

怕错过

我不敢看你
怕你瞬间
了无踪迹
我更不敢
低下头
因为怕错过
最宁静的风
和最热情的海

下一个

每天
载着一车夜色
回家
倒车镜里
变幻着
树的影
和下一个
温柔的
黎明

字

现在我还在想
许多个字
温暖地聚在一起
讲故事
有的滚烫
有的千斤重量
有的彷徨
不知放哪个篇章
有的画画
有的垒成丰碑
有的哭破了纸
有的笑出了声
有的催生力量
有的透出倔强
有的醉
有的醒
有的像惊雷
有的像火焰

读书

小时候
对连环画着迷
老屋里
木头书橱里
儿时的童趣
藏在那里

后来
大院里
一个奶奶
用报纸做鞋样子
书籍匮乏的年代
我们盯着每一个字
生怕它掉下来
似的

后来
躲在被窝里
举着手电筒
读《人生》
读《平凡的世界》
读巴尔扎克
读《红与黑》

别有洞天

桥洞下
昏暗一片
船划过
别有洞天
风扑向鸟
鸟飞得才远
天色渐晚
才能清晰地
看到星辰
忽闪

小巷

当我和人群
走进小巷时
天空忽然
下起了雨
道路铺满泥浆
一个人
神色慌张
一群人
奔向
诗和远方

黯然神伤

和你一起
在院子里
种花
你说
花开的样子
很美
我说
这个院子
很香

一阵风
吹来
院子很香
花跌落
水上
从此
我——
黯然神伤

弄丢的小风车

一个小风车
落在草上
我怀疑
那是风
太贪玩
把打扮好的你
弄丢了

相遇

我立在窗前
看这春天
烟雨杏花
你抬起头
也在看
杏花烟雨
这样
我们的目光
就会在花瓣上
相遇

太阳的忧伤

太阳
也会泪如雨下
形成
太阳雨
即使它
充满忧伤
也要披上
灿烂的衣裳

红装

被惊艳了的
不仅是眼睛
更是青春
的底色
莞尔与墨香
行走的表情
和国潮
相映成趣
那温暖的
色调
装点在
窗前的玫瑰上
鲜艳夺目

风和叶子

这个世界
不需要太多言语
就像叶子
和风在一起
叶子
向风挥手致意
风把叶子
珍藏在心底

晶莹洁白

自沉迷你
眼睛的那一刻起
天空温柔地
下起雪
我的世界
因你晶莹洁白

风花雪月

花盛开
就是一句表白
风一吹
向着世界散开
黑夜和白昼
一同书写
风花雪月

举案齐眉

夜色
把果香浓郁的红酒
倒进湖水
灯光和垂柳
在夏夜的风中
一起沉醉
星光从不怕晚归
和一池湖水
举案齐眉

墨香浸染

我时常
穿梭在人群中
缄默不言
却沦陷于你
风一样的热情
海一般的执念
我时常
迷失在巷子里
顾影自怜
却无意瞥见
这下雨的屋檐
被墨香浸染

光

你是如此
热烈温暖
跟着你
一身璀璨

踮起脚尖
藏了许久
的心事
刹那间
被你一眼看穿

献给春天

趁夏天还没来
好和这些花朵
谈谈心
问一句
当她们还年轻时
是如何把芬芳和明艳
献给大地
而没有丝毫倦怠

趁夏天还没来
好和这一片叶子
合个影
听一句
当她挤出枝丫时
是如何把心跳和呼吸
献给春天
而没有几许哀怨

牵起黎明

别只盯着
窗外的雪
屋里有
跳动的炉火
别担心
雨下得紧
檐下总有
一把
为你撑开的伞
别害怕
夜色
偷走失眠者
的眼睛
总有
一双手
给你牵起黎明

怕雷声

约你一起
织今天的雨
我却忘了你
怕雷声

自由的风

没有门
没有巷
吹来的
就是
自由的风

宽容

风偷走了
我们的风筝
我们站在田野上
遥望蓝天
与风做伴

你

写了几句诗
你填进诗行

画了几幅画
你落在纸上

院子里种些花
满屋子
都有
你的芬芳
窗户里看月亮
窗内的眸
映着
你的模样

晨钟

人间
车水马龙
我愿停下
和你一起
敲响晨钟

照顾

星星卧在
铁轨上
照顾黑夜里
赶路的人
我的责任
是照顾
你　有门有窗
有亮光

小葡萄

小葡萄
把它的触丝
延伸到架上
努力地
生长
接近太阳

它没想到
小葡萄身上
都已结上
一个太阳

点与线

两个实心的点
哪怕很近
即使肩并肩
也有距离
只是有长有短
一条线
阻隔在彼此之间
如果有一天
它们
没了线
成了点
却也成了孤单

芒种

农夫弯下腰
禾苗长得高
夏虫吹哨
领着万物生灵
一路奔跑

麦子锋芒露
玉米枝头俏
把忙碌的影子
一同种进泥土
收获的就是
万千骄傲
花开有声
落地有果
生命从不辜负
忙碌的今朝

脚下有土
生命不倒
就像
旅途从不怕
山重水复

蔷薇

不会转弯的阳光
照进心里的蔷薇
收获满架芬芳

融化

你努力的样子
明媚而温暖
像是太阳在
爬楼梯
我一直愿意
相信你的微笑
可以融化
整个冬天

凝字为书

凝字为书
怕一个字掉进水中
发出多余的声响
打破平静

躲雨

凭一把伞
躲过下雨天
却躲不过
为你
提心吊胆

乱了阵脚

别问我为什么
如此不知所措
你抬头一笑
我便乱了阵脚

糖果

我装了一口袋糖果
放进缤纷的诗句中
从此,为你写的诗
尽是香甜

白昼的景

当天拉下幕布
那一刻
我的眼睛
晃动着白昼
的景

狂风骤雨

说不动风
说不动云
可当它们相遇时
就引起了
狂风骤雨

落

我就栖居于此吧
等绿茶饮尽
等墨点落了衣襟
燕子就来
落纸成诗

不一样

做天上的星星好
做一盏路灯好
做一只小萤火虫
也好
只不过它们
发出的光
大小不一样

字条

给你一张字条
像极了手心里的桥
也像你浅浅一笑
压弯了的眉梢

雪人

你坐在屋里
我愿站在门外
当个小雪人
等你门打开

纸飞机

我叠的小纸飞机
藏在口袋里
还是被你发现了

一饮而尽

如果时间走掉了
那该多好
我还能看到
落在杯里的
月亮,索性
一饮而尽

镜子

我蹲下身子
在水面揭开
无数面镜子
水下还是镜子

灯盏

河流冻成哑巴
冰雪之下
的水
仍旧春意融融
黑夜把自己
涂得只剩下眼
却也到处
是密密的灯盏

等待

门前的花在开
我在篱笆下等待
你推开门走来
说我像年轻的雪莱

遥远的距离

即便是一阵风
向着你的方向吹去
却也让这风无能为力
因为这遥远的距离

即便是一场雨
约好同一时间相聚
却也让这雨不能自已
因为这遥远的距离

铺满阳光

山海茫茫
道阻且长
有人坚守
有人彷徨
我得忙着
一寸寸
铺满阳光

怕

我把种的花
搬进屋里
怕这一阵风
怕这一场雨
吹打得七零八落
怕风景慢慢错过
我不敢睁眼

花影

喜欢故乡的水
它能照见人影
也能照见溪边的花
如果不信
把脸贴近

温暖

我不善言谈
却借着风
唱歌
如果听不见
抬头
看看树叶在打转
一样温暖

我还在想

我还在想
与你同盼
一片崭新的叶子
张望着春天的云朵
我还在想
与你同向
一个坚定的信念
努力地用脚步靠近
我还在想
和你一起
把墨点洒进诗行
让贫瘠的语言
多些营养

黑夜·花朵

黑夜爱着花朵
以一种特别的方式
不见温暖明亮
却给予星光

唯一

我对着天空
呼喊"爱你"
雁群
随之而来
书写
唯"一"

农家

如果去农夫家做客
他不在家
就和门前的花坐坐
一样温暖

无题

你要秋叶之绚烂
我给红林尽染

墙

思念隔着墙
我拿旧相机
拍响

落英缤纷

我从晃动
的纸上
听见水声
未曾察觉
水面
落英缤纷

水软山温

你的笑
是多姿多彩的河山
它以沧海桑田的速度
奔赴我心
从此乐山爱水
只为水软山温

延长

鱼在水里吐出
一串云
燕子贴着水面
飞过
我的影子
在远方延长

哗然

风雨急走
车马慢
不必低着头
删繁就简
醉红的蝴蝶
用翅膀比划着
千字浪漫
写下的是为春的
一阵哗然

一切刚刚好

有风经过的时候
门开始变小
云扶着日头
你眉眼轻佻
你莞尔一笑
我猝不及防
被甜到
一切刚刚好

你的眼睛

我没看清你的眼睛
而那里溺亡了
亿万颗星

第四辑 恋春

恋春

等燕子归来
我会再次致以一场春的问候
打开是迎接
合上是挂念

匆忙

红火的叶子底部泛着绿色
花朵仍旧弥漫着炽热的渴望
我还躲在雨缝中步履徘徊
来不及为你撑伞的雨巷
一切太匆忙

错过

风在水面上画出涟漪
我不知错过多少晴好天气

美

有时美
就是万千个偶然
同一时间盛开

无题

星辰离我们很远
花朵很近
她把自己的远方
开在心里

走·散

我多么想
同行的人不会走散
就像黑夜
舍不得密密的灯盏

邮差

我托的邮差
是否把四散
的田野送给你

日子

有些日子
就像手机满格的信号
有些日子
却总是在努力加载
让人惶恐不安

模样

风忙得
记不得自己的样子
当她看到花
开得灿烂时
才恍然觉得
这就是
自己的模样

踉跄中回眸

心中的血
沸腾一次
只为一朵花
在踉跄中回眸
一次

山

山
不善言辞
稳稳地
立在那里
但对
鸟的爱
从不掩饰

红豆初开

用手指
把字写在叶脉上
叶片又见
红豆初开

平静的陆地

一只蓝色的鸟
折了翅翼
因为海水
喜欢平静的陆地

出嫁

岁月用来歌颂
我们
小口袋
装着太阳
抱着月亮
怕它出嫁

等待

风钻进花瓶
和花儿一起
等待春天

蔷薇盛开

院子长满青苔
我沿着台阶
细看蔷薇盛开

窗

月亮的背面正在下雪
夜色织就一座围城
洁白的羽毛轻盈地
敲开窗

小太阳

青青的葡萄
淡黄的小太阳
恨不得
把每一寸光
都穿在
你身上

浪漫的珍贵

一个人
必须有太阳
也不能太精明
必须学会
把时间浪费
做一杯
浪漫的珍贵

跳跃的精灵

我只要在瓶子里
装满小小的花籽
春风就降临
跳出无数的
小精灵

转动的风

我想把自己
安在风中
这样可以
天天围着
你转

贪玩的孩子

那只遗落在
沙滩上的白鞋子
说我是个贪玩
的孩子

乱动的夹子

如果能捂住
过去的日历
我会一直
成为
不去乱动
的夹子

第五辑 蓝色的雨

蓝色的雨

都说蓝色
最深情
不妨抬头
看看天
也不妨低头
看看水
或许
天空中
正下着
蓝色的
雨

命运

石头没有记忆
鱼和水
帮它找回
它们该早些
相遇
而不让
命运
打翻酒杯

誓言

风说
他听得懂
全世界的誓言
却唯独
不懂
自己的语言

小蜻蜓

小蜻蜓
落在你漂亮的裙摆上
我怀疑
是我挑的那只

转

叶子在树上
秋天
在不停地打转

趋向故乡

我们都在
一次次想念中
趋向故乡

璀璨的烟火

怕看璀璨的烟火
因为
它让一个迟到的人
一直在
守望

花丛·星星

花丛听说
星星会来
下午三四点钟
就感觉到
幸福了

小石匠

即便我是个小石匠
也不能把这
斑驳的岁月
雕凿得更加平整
也只能
一如既往地
保持热忱

我爱秋天

我爱这秋天
但学不会
大雁写"一"字
也学不会
桂花囤积句点
却为
这绯红的叶片
提心吊胆

归去

潮水一样涌起
就会潮水一般消退
你大声呼喊鱼群
鱼群向着相反的方向归去

小风筝

是你太贪玩
还是我不够果敢
漂亮的小风筝
躲进雨后的屋檐

听来的地图

星星打扮好
都在下山
我会慢慢
修一条小路
画一张
听来的地图

画圈圈

有时真想
捡起小树枝
在洁白的雪地里
画圈圈
然后把自己
放中间

山楂林

谁与春风
邂逅一场
燕子的轻盈?
掠过炽烈的盛夏
退不掉的苔痕
和檐铃的倩影
便结成
茂密的山楂林

轻盈

这世界
本来就如履薄冰
如果有爱牵引
脚步是否
更加轻盈?

遇见晴朗

盘古创造白昼
是让我们遇见
晴朗
学会坐在春光里
彼此安祥

等

屋子里的花
要开
也许是在等
一个好天气
也许在等你

跌落的鱼

跌落河里的鱼
咬着水呼吸
因为怕失去
才会如此
珍惜

挂在心上

落叶唱歌
秋风画画
我把
写给你的诗
签上名字
挂在心上

下雪

口袋里
装满夏日的风
我走在热闹的街上
目睹叶子在跳舞
未写名字的路牌
开始下起了雪

沸腾如火

人间灯火
一盏盏地亮起
日子
一天天
像聚集
的松果
每一次
的问候
都沸腾
如火

倔强

我举一团火焰
深埋在雪地里
倔强地温暖
冬天

自己的风景

傍晚时分
我就忙着
去摘天上的星辰
每一颗都精心
擦拭
把它们放在篮子里
用布盖好
从此
不想听声音
固执地看
自己的风景

咳嗽

风一咳嗽
叶子就跌
得粉身碎骨
赶在大雪
封山之前
让一对鸟的翅膀
粘住叶脉的血管

今天的雪

城里城外
又见花落花开
猜不透的叶片
弹尽一曲梨白
失忆的手掌
攀爬着墙苔
成为遗落窗前的意外
月色倔强地固守
怕错过青山远黛
站在瘦削的窗外
看今天的雪

焕然

我来春天
　看树新鲜
　　看花焕然

诚恳

冬天总是来得
那么猝不及防
奈何，我却一直
用一双温暖的眼睛
看每个清晨
因为，我相信
风雪敲不开的门
花朵可以
用它的诚恳

封锁

一个山居老者
告诉我
写诗最难的事
是把自己忘掉
我想了很久
决定
把热闹封锁

口哨

我有一座小木屋
小火炉正红

一场小雪
一阵心跳

就像一朵待放的梅
吹起口哨

错别字

冬天
我懒得出去
就坐在屋前
看着雪花
在地上写
一行行
伸向远方的
错别字

感恩

承蒙时光不弃
感谢一切给予
无数浪漫的期许
就像一片叶子
向另一片叶子致意
春风不语
花儿睡去
只听——
屋檐下的小雨滴
亲切耳语

冷翡翠

我有一颗冷翡翠
见过的人　都说漂亮
在寂寞的匣子里　发出光
我与它平行地
走在街上
从哪里开始
就从哪里对望

雪山

你说
要是等风雪交加
在茂密的丛林中
取一截松木
取火
才算热烈
于是
我把脚印
写在
厚重的雪山上

不知在哪个方向盛开

梧桐的叶子
伸出窗外
却也接不住
雨水的白
枯萎的纸鹤
落满窗台
成为冻僵的雪
风的形态
掉进大地的口袋
不知在哪个方向
盛开

沉睡的蝴蝶

扑在花丛中
的星星
像一只沉睡的蝴蝶
忘记了翅膀的颜色
和飞行的样子

太阳准时

什么也不带走
什么也没有留下
我们只是经过
炽烈的盛夏
和门前的花
而太阳
却很准时

大雪

只要你在
大雪中
为我破冰
一次
我就在
阳光下
为你永久唱歌

太阳花

下雨的时候
你总爱哭
我把太阳花
搬进阳台

小露珠

草叶尖的
小露珠
串落成
笔下的修辞
它透明的样子
像极了
时光
递出的戒指

山客

是山客
偷了胭脂
此生
只为你红